Analyse de l'œuvre

Par Noémi Pineau et Paola Livinal

Les Chaussures italiennes

d'Henning Mankell

lePetitLittéraire.fr

Rendez-vous sur lepetitlitteraire.fr et découvrez :

Plus de 1200 analyses
Claires et synthétiques
Téléchargeables en 30 secondes
À imprimer chez soi

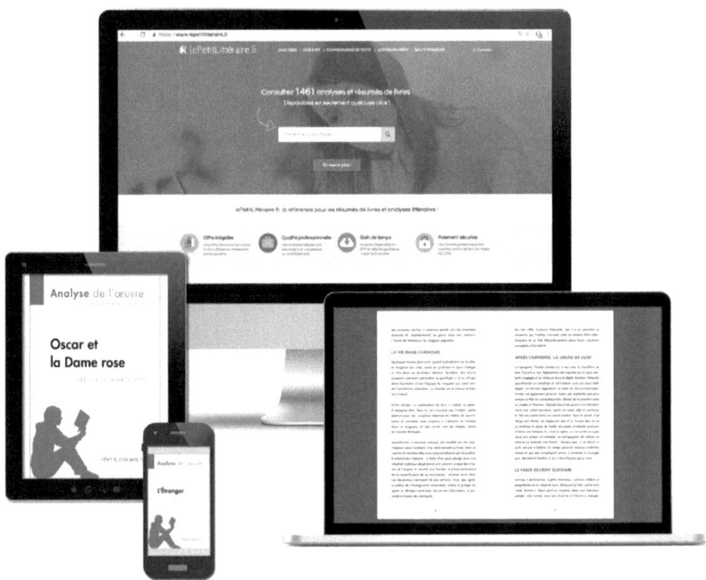

HENNING MANKELL

ÉCRIVAIN SUÉDOIS CONTEMPORAIN

- **Né en 1948 à Stockholm (Suède)**
- **Décédé en 2015 à Göteborg (Suède)**
- **Quelques-unes de ses œuvres :**
  - *Comedia infantil* (1995), roman policier
  - *Le Fils du vent* (2000), roman
  - *Les Bottes suédoise* (2015), roman

Très jeune, Henning Mankell est abandonné par sa mère ; il est donc élevé par son père, juge d'instance dans le nord du pays, à Sveg (Suède). Il voyage dès l'âge de 16 ans, lorsqu'il commence à travailler dans la marine marchande. En 1966, il s'installe un an et demi à Paris, avant de finalement rentrer à Stockholm. Peu après la mort de son père, en 1973, Mankell réalise son rêve en se rendant en Afrique. Il réside notamment au Mozambique, où il monte une troupe de théâtre.

Cet auteur engagé (entre autres, il a participé à une action propalestinienne à Gaza, en 2010) aborde dans son œuvre nombre de problématiques actuelles : la violence, le racisme ou encore le sida. Il est connu dans le monde entier grâce à sa série de romans policiers mettant en scène l'enquêteur Kurt Wallander : *Meurtriers sans visage* (1991), *Les Chiens de Riga* (1992), *La Lionne blanche* (1993), etc.

LES CHAUSSURES ITALIENNES

UN HOMME FACE À SON PASSÉ

- **Genre :** roman
- **Édition de référence :** *Les Chaussures italiennes*, Paris, Seuil, 2009, 352 p.
- **1re édition :** 2006
- **Thématiques :** passé, amour, fuite, condition humaine, erreurs, pardon, mort

Les Chaussures italiennes retracent une quête du passé. Suite à une grave erreur professionnelle, le narrateur, Fredrik Welin, s'est retiré sur une ile dont il est le seul habitant, avec sa chienne et sa chatte. Son existence est encore bouleversée par l'arrivée d'Harriet, son unique amour, qu'il a quittée sans un mot d'explication, 40 ans auparavant… Sous la contrainte de son ancienne compagne, puis poussé par le désir de cesser de fuir et de recommencer à vivre, Fredrik entreprend de régler ses comptes avec le passé. Il y gagnera une fille ainsi que le pardon.

Le dernier roman – posthume – de Henning Mankell, *Les Bottes suédoises* (2016), remet en scène Fredrik Welin sur son ile. Déclenchant de nouveaux évènements qui interrogent Fredrik sur le sens de sa vie, il constitue une suite aux *Chaussures italiennes*.

RÉSUMÉ

QUAND LE PASSÉ REFAIT SURFACE

Le narrateur, Fredrik Welin, 66 ans, ancien chirurgien, vit sur une ile dans un état de solitude extrême que seul le facteur, Jansson, vient parfois briser. Mais bien qu'ils se connaissent depuis de nombreuses années, les deux hommes n'ont pas dépassé le stade des échanges indispensables et convenus.

Autrefois, Fredrik était tombé fou amoureux d'une jeune femme : Harriet. Mais au moment de partir en formation aux États-Unis, il s'en était allé sans un mot et ne lui avait plus jamais donné de nouvelles.

Un jour, au beau milieu de l'hiver, Fredrik aperçoit une femme qui marche sur la glace à l'aide d'un déambulateur : c'est elle, Harriet. Lorsqu'elle chute, il se précipite pour l'aider. Très ému, il l'invite à séjourner chez lui. Malheureusement, dans son sac, il trouve une lettre qui révèle son cancer et annonce sa mort prochaine.

En réalité, Harriet est venue lui demander de tenir la promesse qu'il lui a faite à l'époque : l'emmener au bord d'un lac, près de la montagne Aftonlöten, dans la région du Norrland (Suède), où il s'était rendu, adolescent, avec son père. Fredrik accepte d'exaucer son vœu.

Ce voyage lui permet de replonger dans son passé : il réveille en effet chez lui le souvenir de son père. Harriet profite de l'occasion pour tenter de savoir pourquoi, 30 ans plus tôt, il est parti sans rien dire, en détruisant sa vie. Elle n'obtient cependant pas la moindre explication. Fredrik lui révèle seulement avoir commis une erreur tragique au cours d'une intervention chirurgicale : il a amputé une femme du mauvais bras. Plus tard, Harriet décide aussi de lui faire une confidence : ils ont eu une fille ensemble, Louise, une jeune femme peu conventionnelle. Elle souhaite que tous deux se rencontrent à Rångevallen, où celle-ci habite dans une caravane.

Dès les premiers kilomètres, les anciens amants sont doublement ralentis à la suite d'un accident causé par un élan, puis par un pneu crevé. Sur la route, ils recueillent un chien qu'ils ramènent à sa propriétaire, une vieille femme qu'ils retrouvent morte. À l'hôtel, où ils n'ont pu trouver qu'un lit double, Fredrik est réveillé par les cris de désespoir et de douleur d'Harriet. Il tente de la réconforter, mais celle-ci, encore endormie, le frappe au visage. Plus tard, le couple s'arrête dans une auberge, où le narrateur est déjà passé avec son père, puis ils font une halte dans une pension de famille.

Lorsqu'ils atteignent le lac sans nom, Fredrik croit que leur voyage est terminé. Il se voit déjà de retour sur son île. Mais Harriet veut aller au centre du lac, comme si elle pensait y recevoir la réponse à ses questions : pourquoi son amant voulait-il autrefois le lui montrer ; pourquoi l'a-t-il abandonnée ? À la veille de sa mort, Harriet trouve tout à coup sa démarche insensée : « Et maintenant que me voilà enfin sur ton lac, je regrette d'être allée te chercher. [...] Qu'est-ce que je suis venue faire ici ? » (p. 106)

Quant à Fredrik, il y côtoie la mort : d'abord en pensée, tandis qu'il déblaie la neige pour accéder au milieu du lac, craignant qu'un tel effort ne lui soit fatal ; puis réellement, quand, revenant vers le bord, il traverse une mince couche de glace et risque de se noyer. Contre toute attente, Harriet réussit à le sortir de là et à le réchauffer dans la voiture, son corps nu contre le sien.

Le lendemain, ignorant encore que la fille d'Harriet est aussi la sienne, il ne peut lui refuser de faire un détour pour aller la voir. À Rångevallen, le père retrouve alors sa fille qui, sans aucune effusion, lui demande simplement d'aller chercher de l'eau dans une ferme abandonnée, car elle n'a ni puits ni eau courante. Louise lui montre également le ring de boxe sur lequel elle combat avec des amis. Elle l'emmène aussi rendre visite à l'une de ses connaissances, un bottier italien, Giaconelli, à qui elle demande de fabriquer une paire de chaussures sur mesure pour son père.

En fouillant la caravane, Fredrik trouve une grosse somme d'argent, ainsi que des portraits d'hommes politiques dédicacés. Il découvre que sa fille écrit aux grands de ce monde pour critiquer leur manière d'agir. Peu de temps après, l'état d'Harriet empire. Père et fille l'emmènent à l'hôpital, où ils ont l'occasion de faire plus ample connaissance.

De retour à la caravane, Harriet, Louise et le narrateur se disputent au sujet du passé. Furieux, Fredrik rentre chez lui. Il décide alors d'entreprendre un deuxième voyage pour aller voir la jeune femme qu'il a amputée à tort.

LA VIE REPREND

Celle-ci, Agnes, a ouvert un foyer dans une maison qu'elle loue, et où elle accueille trois adolescentes à problèmes : Sima, Miranda et Aïda – dont l'une agresse le narrateur à son arrivée. Toutes trois ont vécu la guerre, l'exil ou des expériences similaires. Fredrik dort chez Agnes, mais, durant la nuit, Sima le réveille avec une épée sur la gorge. Dès lors, il quitte les lieux sans attendre le matin et rentre chez lui.

Fredrik passe l'hiver à se souvenir du passé et à correspondre, parfois de manière mouvementée, avec sa nouvelle famille : Harriet et Louise. Après la mort de sa chienne, il commence à restaurer son bateau en bois.

Plus tard, il reçoit la visite de Sima : elle a fugué et ne sait où aller. Il lui permet de rester quelques jours chez lui, mais, le lendemain matin, il la trouve baignant dans son sang, couverte des blessures qu'elle s'est elle-même infligées. Sima décède à l'hôpital, peu après l'arrivée d'Agnes, et Fredrik se sent de plus en plus seul. Sa sortie sur le continent avec Harriet lui a laissé un gout de liberté, l'envie de quitter son ile, où il a perdu 12 années : « Mais allais-je réellement le faire ? Où pouvais-je aller ? Quelle vie m'attendait ? » (p. 248) Les évènements à venir vont décider de son futur d'ilien.

Un jour, Louise et Harriet arrivent chez lui sans prévenir, parce qu'Harriet veut y mourir. Avant cela, elle souhaite encore organiser une fête d'été. La soirée a lieu en compagnie de quelques connaissances et, à son terme, Fredrik s'excuse d'avoir toujours tenu ses proches à distance. Cette fête est une parenthèse idyllique dont le retour des douleurs d'Harriet dans la nuit marque la fin.

La chatte de Fredrik disparait, alors qu'une canicule s'installe, et qu'Harriet souffre de plus en plus. Après sa mort, père et fille brulent son corps dans le vieux bateau en bois et enterrent ses cendres sur l'ile. Louise part en promettant à son père de lui donner des nouvelles et de revenir.

Ensuite, Fredrik passe le plus clair de son temps à s'interroger sur sa vie et à rédiger des textes de fiction dans son journal. Un jour, une lettre de Louise lui parvient. Elle est accompagnée de photos d'Harriet et de lui-même, jeunes, sur lesquelles il ne se reconnait pas.

Agnes vient le voir et l'informe que ses propriétaires veulent la faire partir de sa maison. Au terme d'une soirée arrosée, il cherche à l'embrasser de force et, malgré ses excuses et remords, Agnes s'en va. Plus tard, Fredrik écrit une lettre pour lui demander pardon, ce qu'elle lui accorde. Il propose aussi qu'elle et ses « filles » s'installent chez lui.

Louise apparait sur la photo d'un article de journal, parce qu'elle a manifesté nue lors d'une visite officielle de chefs d'État européens aux grottes de Lascaux (Dordogne). Le bruit de cette action s'est répandu dans tous les environs. Au même moment, Louise téléphone à son père pour lui dire qu'elle souhaite venir chez lui. Petit à petit, la vie s'organise, et ils s'habituent l'un à l'autre.

La santé de Fredrik décline. Il est frappé par une angine de poitrine et interprète cela comme un des premiers signes de la mort qui approche. D'autres crises succèdent ; Fredrik et Louise décident cependant de fêter le solstice d'hiver.

Agnes décide quant à elle de venir s'installer chez lui avec ses « filles ». Louise retourne voir ses amis, mais compte revenir. Quelque temps plus tard, Fredrik retrouve un os de sa chatte, qu'il enterre. Il reçoit ensuite les chaussures commandées il y a un an au bottier italien. En déplaçant la fourmilière, il exhume une bouteille laissée par Harriet, qui contient une vieille photo où ils posent tous les deux, jeunes ; il y a un message au dos : « Nous sommes arrivés jusque-là. » (p. 341)

ÉTUDE DES PERSONNAGES

FREDRIK, LE NARRATEUR

Cet ilien solitaire est « porteur d'un souvenir qui le taraude en permanence » (p. 12). On comprend vite que ce remords est à l'origine de sa situation actuelle.

Durant toute sa vie, sa mère hypersensible s'est évertuée à économiser l'argent de la famille, tandis que son père – que Fredrik qualifie d'« humilié » et d'« obèse » – était serveur. À l'âge de 15 ans, lors d'un repas en sa compagnie, Fredrik réalise pour la première fois l'incapacité de son géniteur à le guider vers son avenir ; devant le constat de cette impuissance, il se découvre soudain plus fort et décide, sur-le-champ, de devenir médecin. Une réponse qu'il donne à son père, mais surtout une promesse qu'il se fait à lui-même.

En tant que chirurgien, il commet un jour ce qu'il nomme une « faute » (p. 14) : il ampute par erreur une femme du mauvais bras. C'est depuis cet évènement qu'il vit dans une solitude extrême sur l'ile où résidaient autrefois ses grands-parents.

Bien qu'il prétende n'avoir rien à raconter, Fredrik tient tous les jours un journal. Au début du récit, il s'interroge sur la possibilité d'un changement de vie : doit-il persister dans son isolement ou vivre pleinement la vie qui lui reste ? Tous les matins, Fredrik se baigne dans un trou qu'il creuse à travers la glace ; c'est la seule chose qui lui rappelle qu'il est vivant : « Je descends dans mon trou noir pour sentir que je suis encore en vie. » (p. 13) Il suppose l'existence d'une signification supérieure, à laquelle il est nécessaire de croire pour survivre : « La vie, au fond, c'est quelque chose de sérieux. Il y a un enjeu, je ne sais pas lequel, mais il faut tout de même croire qu'il existe, et que le sens caché se trouve un cran au-dessus des chèques-cadeaux et des tickets de grattage. » (p. 19)

La réapparition d'Harriet lui fait abandonner son mode de vie et le bouleverse entièrement : « Là, tout à coup, sur la jetée, j'ai fondu en larmes. Chacune de mes portes intérieures battait au vent, et ce vent, me semblait-il, ne cessait de gagner en puissance. » (p. 201) À partir de ce moment-là, il tente de donner un sens à son existence : « Je ne voulais pas être un homme qui se trempait dans un trou d'eau glacée pour vérifier s'il était encore vivant. » (p. 90)

Plus tard, la mort d'Harriet lui fait réaliser le dédain dont il faisait preuve jusque-là envers son entourage, par exemple vis-à-vis de sa mère, aux funérailles de laquelle il ne s'est pas présenté : « Je comprenais à présent que j'avais méprisé ma mère. D'une certaine manière, j'avais aussi méprisé Harriet. » (p. 286-287) Il décide alors de réparer les erreurs qu'il a commises par le passé : il exauce le dernier souhait d'Harriet – voir le lac près de la montagne Aftonlöten –, fait connaissance avec sa fille, Louise, et va demander pardon à Agnes, la femme qui a, par sa faute, perdu un bras. À la fin du récit, suite à un épisode d'angine de poitrine, la peur de la mort émerge en lui, preuve qu'il accorde à nouveau de la valeur à sa vie et qu'il a enfin trouvé un sens à son existence.

HARRIET

Harriet était vendeuse de chaussures et a été le seul amour de Fredrik, lorsqu'il était encore jeune médecin. Bien qu'il l'ait abandonnée du jour au lendemain, sans explication, elle a toujours eu des sentiments pour lui. Ni l'un ni l'autre ne savaient qu'elle était enceinte quand Fredrik l'a quittée, et c'est pour se venger qu'elle lui a caché l'existence de Louise.

Alors qu'elle se meurt chez lui, elle avoue d'ailleurs à Fredrik qu'elle n'a jamais aimé un autre homme autant que lui. Elle voudrait connaitre les raisons qui l'ont poussé à disparaitre presque 40 ans auparavant, car son départ soudain l'a minée durant toute sa vie. Mais Fredrik est bien incapable de lui apporter la moindre justification...

Avant de mourir, Harriet obtient que son ancien amant l'emmène voir ce fameux lac qu'il avait promis de lui montrer à l'époque de leurs amours. Ce périple donne l'occasion à Fredrik de revenir sur les lieux où, adolescent, il était venu en compagnie de son père. Mais la visite au lac en prépare une autre : celle qu'Harriet veut ensuite rendre à leur fille, Louise, qui habite un peu plus à l'est. Sans que Fredrik le sache, elle le conduit ainsi vers l'enfant qui est né de leur liaison passée. Agent révélateur, Harriet entraine Fredrik dans un voyage à rebours au cœur de sa propre vie : dès lors, un regard nouveau sur son passé va chambouler cet homme et le décider à modifier son existence.

LOUISE

La fille de Fredrik et Harriet a connu un début de vie difficile.

Après quelques soucis liés à l'adolescence, des dettes l'ont conduite à conclure des affaires d'escroquerie, puis, suite à un séjour en prison, elle a coupé le contact avec sa mère pendant cinq années. C'est à l'occasion d'un enterrement qu'elle a découvert les forêts désertiques qui entourent Rångevallen et qu'elle a décidé de s'y installer, dans une caravane.

Louise a toujours recherché son père, qu'elle s'imaginait déjà dans ses jeux, lorsqu'elle était enfant. Elle est également méfiante, ce qui se manifeste à l'occasion de sa rencontre avec Fredrik. Elle déclare se réjouir de l'absence apparente d'émotion de ce dernier et semble d'ailleurs n'être elle-même pas touchée par cet évènement : « Je ne pleure pas et c'est tant mieux. Surtout, je suis contente de voir que tu ne t'emballes pas. Tu aurais pu manifester une joie hystérique par exemple. » (p. 122)

Louise est quelqu'un de passionné : après avoir découvert une œuvre du peintre italien le Caravage (vers 1571-1610), elle a entrepris un voyage initiatique sur les traces de l'artiste : « Elle était un musée, qui se remplissait lentement, salle après salle, de ses propres interprétations de l'œuvre du grand peintre. » (p. 160) « Louise a parlé de la mort, visible partout chez lui, [elle] a dit que si ces tableaux la touchaient si fort, c'est qu'ils lui proposaient toujours une intimité. » (p. 162)

LE CARAVAGE

Michelangelo Merisi, dit le Caravage, du nom de la ville

d'origine de sa famille, peintre du XVIIe siècle italien, représente sur ses toiles la réalité telle qu'elle apparait dans les rues de Rome (1600-1606) et de Naples (1606-1607), puis à Malte (1607-1608), en Sicile (1608-1609) et de nouveau Naples (1609-1610), même s'il s'agit de représenter des thèmes mythologiques ou bibliques.

Les scènes et l'expression des personnages, toujours montrées en premier plan, sont fortes, d'un réalisme parfois attachant, mais le plus souvent cru et dérangeant. Il trouve ses visages jeunes, vieux, souriants ou grimaçants, parmi les gens qu'il observe autour de lui, quand il ne prête pas à sa composition son propre visage : « J'ai vu autrefois un tableau où on voyait un homme tenir dans sa main une tête coupée [*David avec la tête de Goliath*, vers 1609-1610]. Quand j'ai appris que cette tête était la sienne, celle du peintre, un autoportrait, j'ai compris que j'allais devoir creuser le sujet », explique d'ailleurs Louise à son père (p. 160).

Est-ce l'implication de l'artiste dans ses toiles qui inspire Louise, quand elle manifeste nue dans « une réunion au sommet rassemblant présidents et Premiers ministres européens » (p. 316) : « Aucun doute, c'était bien Louise, avec son écriteau brandi au-dessus de la tête dans un geste de défi triomphal. » (p. 317) De fait, Louise semble avoir reconnu chez le Caravage, nature agressive et belliqueuse – et dans sa peinture, vivante et dynamique –, un frère de vie à l'existence chaotique.

C'est seulement par la suite que Fredrik découvre l'un des

enjeux sous-jacents de son apparition dans la vie de Louise : de fait, lorsqu'il invite Agnes à s'installer sur l'ile, sa fille s'y oppose violemment et lui reproche de la priver de l'héritage qu'elle a attendu toute sa vie. C'est que Louise pense avoir trouvé un lieu d'ancrage sur cette ile : « Je lui avais donné une appartenance », comprend Fredrik (p. 326). L'en déposséder, comme elle le croit sur un malentendu, lui est insupportable : « J'ai cru que tu voulais m'abandonner une fois de plus », explique Louise (p. 328). L'incident se conclut positivement : « Une tempête [...] nous avait frôlés, mais ne nous avait pas engloutis [...]. Nous sommes en route vers quelque chose de neuf et d'inconnu. » (p. 329)

Cette rencontre a surtout un grand impact dans la vie de Fredrik, puisqu'elle lui permet de s'interroger – d'abord contraint et forcé, puis volontairement – sur l'homme qu'il est : « J'adore t'avoir ici, lui ai-je dit. Tout est devenu beaucoup plus clair, d'une certaine façon. Avant, quand je me regardais dans un miroir, je n'étais pas certain de ce que je voyais. » (p. 330)

De Louise, Fredrik tire de nombreux enseignements sur la vie :

- sa fille habite dans une caravane en pleine forêt, mais reste en lien avec des amis des environs, dont le mode de vie est aussi peu conventionnel ;
- lorsqu'elle ne s'implique pas, seule, dans des actions revendicatives, elle donne à ses combats une portée planétaire en écrivant aux dirigeants du monde pour leur dire le mal qu'elle pense de leurs décisions ;
- tandis que Fredrik a ignoré l'enterrement de sa mère,

Louise prend en charge une Harriet mourante, lui manifeste des attentions et s'occupe de ses funérailles sur l'ile, organisées en toute intimité avec Fredrik.

Elle est donc en définitive un personnage solitaire, mais ouvert aux autres – et non pas isolé.

AGNES

Nageuse professionnelle, Agnes a perdu un bras sain à la suite d'une amputation qu'a réalisée le narrateur. L'équipe médicale avait préparé le mauvais bras, et Fredrik avait omis d'effectuer les vérifications d'usage.

Après avoir perdu son bras, Agnes s'est réfugiée dans l'alcool, puis dans la drogue ; elle a essayé de trouver un sens à son existence dans le message des religions et des sectes, avant de parvenir à accepter son état. Dès lors, elle a décidé de se consacrer à plus malheureux qu'elle et a fondé un foyer pour adolescentes difficiles, ayant subi diverses violences. Agnes leur offre un mode de vie à la fois libre et protégé pour leur permettre de se reconstruire. Ainsi, en cherchant à arracher ces jeunes filles à leur sentiment de vacuité et à leur désespoir, elle se sent utile.

C'est par l'intermédiaire de l'une de ses « filles », qu'Agnes se rapproche de Fredrik en débarquant un jour sur son ile. Plus tard, pour se faire pardonner une étreinte forcée, Fredrik offre son ile comme refuge pour Agnes et ses « filles », menacées d'expulsion. Celle qui aide est aidée à son tour et permet à Fredrik de s'ouvrir enfin aux autres en proposant d'accueillir ces victimes de la violence du monde.

JANSSON

Ce facteur hypocondriaque de l'archipel où vit Fredrik est l'un des rares contacts du narrateur avec le monde extérieur. Pendant des années, leur relation n'évolue pas : leurs seuls échanges consistent en des conversations sibyllines et en des examens médicaux du postier par le chirurgien.

Cependant, grâce à l'évolution de Fredrik, les deux hommes se rapprochent. Jansson cesse de se plaindre de maladies imaginaires, et le narrateur l'invite à sa fête d'été, où celui-ci éblouit les convives avec sa voix de baryton en chantant l'*Ave Maria*. Finalement, Fredrik réinvestit son rôle de médecin en décelant chez Jansson les symptômes d'un diabète : un médecin attentif, un vrai malade, une circonstance de la vie normale en somme.

GIACONELLI

Le bottier italien personnifie le thème des chaussures qui parcourt tout le roman. C'est un artiste qui a quitté la cohue romaine et s'est retiré dans la forêt de Louise, afin de mieux pratiquer son art. Située au fond des bois et à l'extrémité d'un chemin, la maison du bottier ressemble à celle d'un magicien ou d'un sorcier. Chez lui, la prise des mesures est « une cérémonie » (p. 140) au bout de laquelle Giaconelli propose un modèle de chaussures adapté au demandeur. Car il faut du temps pour réaliser une paire de chaussures aux dimensions de chacun. Ainsi, le client est certain de repartir du bon pied. Dans la bonne voie ? Ou voix, puisque les pieds sont associés par trois fois aux chanteurs d'opéra !

Un fil rouge qui relie le père de Fredrik (« qui s'obstinait à répéter que le point commun entre un serveur et un chanteur d'opéra c'est qu'il leur faut de bonnes chaussures pour bien travailler », p. 16), au bottier Giaconelli (qui en fabrique justement une paire pour une cantatrice, en écoutant des airs d'opéra) et, enfin, à Louise (« Je connais des chanteuses d'opéra qui n'ont rien à faire de leur metteur en scène, de leur chef d'orchestre, de leur costume ou des notes qu'elles doivent sortir, du moment qu'elles sont bien chaussées quand elles chantent », p. 140), qui reprend à la stupéfaction de Fredrik la rengaine de son père, rétablissant ainsi un lien de filiation qui ne peut que conforter Fredrik dans son nouveau rôle paternel et lui faire envisager autrement son avenir.

Dans le roman de Henning Mankell, le motif des chaussures soutient surtout une parabole de la destinée des êtres humains. Certains mettent longtemps à trouver leur chemin – à trouver chaussure à leur pied ; d'autres se trompent, comme Fredrik, à plusieurs reprises, et finissent par s'embourber sur une ile, de vieilles galoches aux pieds. Mais quand il aura remis sa vie en ordre de marche, Fredrik sera prêt à recevoir la paire de chaussures commandée à Giaconelli, un an auparavant ; des chaussures italiennes accordées comme une sorte de dignité, délivrée par une autorité officielle.

CLÉS DE LECTURE

UNE CERTAINE VISION
DE LA CONDITION HUMAINE

Henning Mankell développe dans *Les Chaussures italiennes* une réelle réflexion sur la condition humaine, et ce tout particulièrement à travers le personnage de Fredrik. Au fil des épreuves auxquelles il est confronté, ce dernier vit en effet un véritable voyage initiatique qui l'amène à mieux se connaitre, à s'accepter et à donner un sens à son existence.

Un sentiment d'incommunicabilité

Au début du roman, la vie ne semble avoir pour Fredrik aucune signification supérieure. Il nie toute transcendance et développe une conception de l'existence proche de la survie : « La vie est une branche fragile suspendue au-dessus d'un abîme. Je m'y cramponne tant que j'en ai la force. Puis je tombe comme les autres, et je ne sais pas ce qui m'attend. » (p. 11)

Le narrateur témoigne également d'une vision spécifique des relations humaines. Les membres d'une même communauté – et sans doute également d'une même famille – apparaissent pour lui comme des êtres séparés, incapables de s'entraider et ne pouvant qu'assister, indifférents, aux expériences des autres. La vision du lac de la montagne Aftonlöten, où il conduit Harriet, fait émerger en lui le souvenir d'une baignade avec son père, le renvoyant directement à cette conception intraitable : « Nous étions deux êtres humains reliés l'un à l'autre et déjà séparés. La vie était ainsi : quelqu'un nage, quelqu'un d'autre le regarde. » (p. 67) Plus loin, il réaffirme encore sa théorie : « J'ai compris ce que c'était que la vie. Les gens sont proches pour être séparés, c'est tout. » (p. 89)

Les relations humaines et la communication sont en outre synonymes de mensonge, comme Fredrik l'apprend en écoutant les conversations : « C'est ainsi que j'ai découvert que presque toutes contenaient d'imperceptibles traces de mensonge. » (p. 112)

Découvrir la richesse des autres

Mais, grâce à Harriet et à sa fille, Louise, Fredrik échappe à son pessimisme profond. Son itinéraire initiatique, guidé par les deux femmes, est pavé de rencontres avec des personnes de qualité telles que Giaconelli, le bottier : « Je venais de rencontrer un maitre dans un village abandonné des grandes forêts du Nord. Loin des villes, il existait ainsi des gens qui vivaient cachés et qui possédaient des connaissances merveilleuses et inattendues. » (p. 148)

Par la suite, Fredrik cesse de considérer les personnes qui l'entourent comme faisant partie d'une masse ; il commence à les percevoir comme des individus qui, tous, recèlent quelque chose de positif, fût-il dissimulé à première vue. Louise lui explique qu'« il n'y a pas de gens normaux. C'est une fausse image du monde, une idée que les politiques veulent nous faire avaler. L'idée que nous ferions partie d'une masse infinie de gens ordinaires, qui n'ont ni la possibilité ni la volonté d'affirmer leur différence » (p. 155). Il

découvre alors que chaque personne et que chaque évènement contient du positif.

De plus, sa relation avec sa fille lui permet d'accéder à
un réel savoir au sujet de la nature humaine, que celle-ci
semble avoir comprise, déchiffrée : « J'avais une fille qui
comprenait réellement ce que d'être un humain signifiait. »
(p. 163) Dès lors, il trouve enfin un sens à son existence à
travers ses relations avec les autres, qu'il conçoit désormais
comme une richesse pour sa propre vie.

Désamorcer la violence

À travers les filles dont Agnes s'occupe, le roman met
également en scène la problématique des adolescents
violents. De fait, ces jeunes femmes font preuve d'une
très grande agressivité dans leurs paroles et dans leurs
actes ; une agressivité qui trouve son origine dans celle
qu'elles ont subie : « C'est la plus grande des défaites. Que
des filles soient amenées, par désespoir, à croire que leur
salut consiste à se comporter comme les pires des garçons
qu'elles connaissent. » (p. 193)

Fredrik ne déroge pas à cette brutalité de la société. Alors
qu'il tente d'embrasser Agnes, et que celle-ci le repousse, il
use de sa force pour imposer sa volonté. Mais il fait amende
honorable et réclame le pardon. Malgré le suicide de l'une
d'entre elles, l'installation des jeunes femmes chez le narrateur est synonyme d'espoir pour lui.

Assumer ses fautes pour avancer

C'est à Louise que Fredrik se livre : « Il était soudain devenu inévitable que je raconte à Louise l'événement que j'avais cru, jusqu'à ces derniers jours, être le plus important de mon existence. » (p. 163) L'amputation par erreur du bras d'une jeune nageuse, Agnes Klarström, ce qu'il appelle « la catastrophe » (p. 11). Après avoir répondu au vœu d'Harriet, et fort de la découverte de sa fille, Fredrik est maintenant prêt à affronter ce qui l'a maintenu 12 années, seul, sur son ile : « La rencontre avec Louise et notre longue conversation nocturne avaient tout changé. Je n'étais pas obligé de le faire ce voyage. Je voulais le faire. » (p. 172)

Il rend donc visite à Agnes et découvre un monde inconnu : celui d'un foyer d'adolescentes délinquantes qu'Agnes dirige : « Maintenant, ce sont les filles qui m'importent », lui déclare-t-elle (p. 198). Fredrik constate alors qu'elle s'est mieux relevée que lui de la catastrophe : « Elle ne m'avait pas couvert d'invectives ni d'insultes. Elle ne m'avait pas ac-cablé de reproches. Elle n'avait pas même haussé le ton pour me raconter qu'elle avait eu, vis-à-vis de moi, des désirs de meurtre. Les sujets de réflexion ne manquaient pas. » (*ibid.*)

De retour vers son ile, Fredrik vit une libération : « Comment j'allais me débrouiller avec ma vie, après tout ce qui s'était passé, je n'en avais aucune idée. Là, tout à coup, sur la jetée, j'ai fondu en larmes. Chacune de mes portes intérieures battait au vent, et ce vent, me semblait-il, ne cessait de ga-gner en puissance. » (p. 201) La vie d'hier avec ses callosités (pour filer la métaphore du pied) – lâcheté envers Harriet, abandon et indifférence à l'égard de sa patiente amputée – est loin derrière lui. Fredrik va pouvoir marcher plus à l'aise.

L'IMPORTANCE DU PASSÉ

Chaque évènement qui arrive à Fredrik occasionne un surgissement du passé, de souvenirs oubliés ou refoulés : « À présent, moi, je rêvais, et, ce faisant, je retournais lentement à mes racines. J'avais la sensation de tenir une pioche et de creuser la terre à la recherche d'un bien perdu. » (p. 207) Ces souvenirs l'amènent à s'interroger sur son présent.

En découdre avec le passé

Ainsi, l'apparition d'Harriet sur la glace avec son déambulateur lui remémore cet ancien amour, son départ, sans la prévenir, aux États-Unis, son silence et son retour, ses velléités de la retrouver et de prendre de ses nouvelles, puis son lâche renoncement. Aussi Fredrik aimerait-il croire à un mirage. Il ne tient pas à retrouver cette réalité-là de sa vie. Mais quand il voit qu'Harriet est tombée sur la glace, il ne peut faire autrement qu'aller la relever.

Sur la route qui les mène au petit lac, Fredrik retrouve le souvenir intense du voyage qu'il avait entrepris, adolescent, avec son père. Tous deux étaient alors nus dans l'eau, mais, finalement, le fils était revenu sur la berge pour devenir le spectateur de l'homme qui nageait. Dans cette évocation, Fredrik voit la représentation de la vie figée qu'il mène sur son ile depuis des années. Quand osera-t-il se jeter à l'eau à nouveau et, comme son père, fendre l'onde tout en chantant ? « J'allais m'offrir le plaisir de revoir quelque chose que j'avais cru perdu pour toujours. » (p. 67)

Plus tard, à l'heure où Harriet meurt sur l'ile, Fredrik repense à sa mère, qu'il a abandonnée dans une maison de retraite, et aux obsèques de laquelle il ne s'est pas rendu. Il peut alors enfin donner un sens à son comportement passé : « Peut-être avais-je éprouvé du mépris pour tout un chacun. Mais surtout pour moi-même. » (p. 287)

Enfin, tandis qu'il reprend sa vie en main, Fredrik découvre, dans son salon, le message d'Harriet : une photo souvenir d'elle et lui, glissée dans une bouteille. Ils y sont jeunes et souriants. Au dos, il est écrit : « Nous sommes arrivés jusque-là. » (p. 341) C'était à Stockholm. Ce message retrouvé sur son ile y déplace les bornes de leur histoire et la conclut en même temps. Puisqu'il en a décousu avec son passé, Fredrik peut maintenant avancer.

Conjuguer le passé au présent

Mais le passé ne peut disparaitre à jamais. Il reste toujours en mémoire, et Fredrik est incapable de se prémunir contre ses manifestations : « Là, j'avais la sensation d'avoir été empoigné par des forces contre lesquelles je n'avais aucune défense. » (p. 78)

En outre, avec la réapparition d'Harriet, il se retrouve confronté au non-dit de l'existence de sa fille, élément d'un passé qui le rattrape sans qu'il ait même pu l'imaginer, et qui conditionne maintenant son présent, ainsi que son futur. Car au cours du voyage initiatique qu'il entreprend en compagnie d'Harriet, c'est finalement en se retournant sur son passé que le narrateur comprend combien sa famille a déterminé l'homme qu'il est et doit encore devenir.

En somme, il découvre combien le passé imprime le présent de sa marque. Il est d'ailleurs frappé par les liens qui rattachent ses parents à Louise : « Je la regardais, effaré. Je croyais entendre mon propre père, qui était pourtant mort et enterré depuis des années. » (p. 140)

À la fin du récit, Fredrik réalise aussi sa proximité avec sa grand-mère et, par là même, la structure cyclique du temps et de la famille : « Ma grand-mère passait son temps sur ce banc [...]. Je suis peut-être en train de me transformer en elle. » (p. 333)

Surtout, le retour sur des éléments antérieurs permet à Fredrik de mieux se comprendre, de se connaitre et de s'orienter :

> « Je suis resté longtemps sur le pont. Brusquement, c'était comme si je n'étais plus seul sous les arches métalliques. Nous étions plusieurs, et j'ai compris que c'était moi que je voyais. À tous les âges, depuis l'enfant qui courait sur l'île de mes grands-parents jusqu'à l'homme qui tant d'années plus tard avait abandonné Harriet, et enfin celui que j'étais à présent. » (p. 97)

Ainsi, Mankell, à travers l'exemple du narrateur, montre que chaque individu, chargé de son passé, doit l'assumer d'une manière ou d'une autre pour s'alléger et pouvoir continuer à avancer.

UNE LECTURE SYMBOLIQUE

Le roman d'Henning Mankell se caractérise par la présence

d'un très grand nombre de métaphores et de symboles, dont l'interprétation est parfois proposée par les personnages eux-mêmes, en particulier par le narrateur.

Le bottier et l'artiste

Le bottier et l'artiste incarnent tous deux une conception particulière de l'être humain. Chacun, par la pratique de son métier, développe une réflexion sur l'homme. À travers son artisanat, Giaconelli, le bottier, s'intéresse à la dimension corporelle de l'être humain, et notamment à « ces pieds sur lesquels tout reposait » (p. 144). La prise de l'empreinte est ainsi comparée au travail du chirurgien. Si celui-ci répare les corps, le bottier doit « aider la personne à oublier ses pieds. Le pied et le sol ont partie liée. » (p. 147) Quand Fredrik reçoit ses chaussures, un an plus tard, elles lui vont parfaitement. Depuis les changements positifs survenus dans sa vie, il les considère comme une récompense, un trophée à conserver précieusement dans leur boite.

De la même manière, le Caravage met en scène dans ses tableaux la condition humaine par le biais de multiples détails référant à l'omniprésence de la mort, l'issue inévitable de l'existence. Après avoir transporté Harriet à l'hôpital, Louise parle soudain de ce peintre dans un fastfood proche où elle et Fredrik se sont installés. Est-ce la réalité crue du lieu aux petites heures du matin qui lui évoque l'artiste ? En tout cas, c'est la représentation du Caravage à la fin de sa vie, sous l'aspect de la tête coupée de Goliath, qui entraine Louise à aller découvrir sa peinture à travers le monde, et sans doute à exposer elle-même son corps lors d'une action protestataire.

L'ile et le bateau

L'ile est à l'image de l'existence qu'a choisie Fredrik : il vit seul et s'est replié sur lui-même au point de fuir tout contact humain autre que superficiel. Prison volontaire, cette ile lui apparait pourtant comme un lieu à fuir, après qu'il a repris contact avec le monde : « En surgissant sur la glace avec son déambulateur, Harriet avait rompu le sortilège. » (p. 248) Puis l'ile assume d'autres fonctions, selon les protago-nistes : nouveau lieu d'ancrage pour la caravane de Louise, dernière demeure d'Harriet, solution provisoire pour Agnes et ses « filles », expulsées de leur maison. Maintenant que le monde est venu l'investir, Fredrik peut rester sur son ile et la désigner non plus comme l'ilot de ses grands-parents, mais comme « [s]on île » (p. 341).

Le vieux bateau que Fredrik avait entrepris de rénover va servir en fait à un tout autre voyage. Non pas sur mer, mais vers l'au-delà. Le corps d'Harriet y est déposé et le tout est brulé. L'idée vient de Louise, renouant peut-être ainsi (l'inci-nération en moins) avec les rites funéraires vikings et leurs bateaux-sépultures.

La fourmilière

La fourmilière que le narrateur laisse proliférer dans le salon de la maison, et qui grossit au fur et à mesure du récit, constitue un double symbole. D'une part, elle repré-sente le débordement des émotions et des sentiments de Fredrik ; d'autre part elle renvoie encore au surgissement du passé : « Je ne me sers jamais de cette pièce [...]. Mes grands-parents y sont morts. » (p. 88) D'ailleurs, quand il se décide à la déplacer, il y trouve ce qu'Harriet y avait caché : une photo d'elle et lui, jeunes, prise à Stockholm. Un jalon daté, qui réitère son message 40 ans plus tard : « C'était comme l'avait écrit Harriet. Nous étions arrivés jusque-là. Pas plus loin. Mais jusque-là. » (p. 341)

La glace

La glace qui se forme à la surface des lacs en hiver est un élément naturel et familier pour les Scandinaves, mais à double tranchant : parfois bénéfique, parfois funeste. Une dualité qui se retrouve dans le roman.

Dès la première page : « Je me sens toujours plus seul quand il fait froid. Le froid de l'autre côté de la vitre me rappelle celui qui émane de mon propre corps [...]. Mais je lutte, contre le froid et contre la solitude. C'est pourquoi je creuse un trou dans la glace chaque matin [...]. » (p. 11) « Je descends dans mon trou noir pour sentir que je suis encore en vie », décrit Fredrik (p. 13). Son immersion lui fait donc du bien, alors qu'à d'autres moments le bruit de la glace l'inquiète : « Mais ce bruit ? [...] La glace chantait dehors dans l'obscurité, et moi je me demandais si je n'allais pas avoir un infarctus. [...] La glace, là-bas, dans le noir, me remplissait de malaise. » (*ibid.*)

Quand l'épaisseur le permet, la glace jette un pont entre l'île et le continent : « Je ferai la traversée à pied » (p. 59), déclare Fredrik à la veille de son départ avec Harriet au petit lac. Mais s'il y a erreur d'appréciation, attention à la noyade : « J'aurais dû sentir le danger. Mon intuition, ma connaissance de la glace et de ses caprices auraient dû m'avertir.

Beaucoup trop tard j'ai compris que la tache sombre n'était autre que la glace elle-même [...]. Je suis passé au travers. » (p. 106)

En fait, Fredrik projette sur la glace les deux états entre lesquels il oscille depuis le début du roman : subir sa vie ou la prendre en main, disparaitre sous cette chape glacée ou y trouver une source de plaisir. Le trou qu'il pratique dans la glace tous les matins semble plutôt le préparer à choisir la seconde option.

Les chaussures

Les chaussures constituent le fil rouge de ce roman, annoncé dès le titre. Ce qu'elles impliquent – les pas, la marche, le mouvement – participe de la vie. Dans *Les Chaussures italiennes*, Fredrik reconsidère son existence en retournant sur ses pas. Le début du roman rapporte ce que répétait son père, et qu'il a toujours en mémoire, à propos de l'obligation d'avoir de bonnes chaussures pour bien travailler, qu'on soit serveur ou chanteur d'opéra (p. 16). On ne s'étonne pas non plus que la profession du narrateur ait été chirurgien orthopédiste.

La fin du roman voit Fredrik se chausser des souliers commandés pour lui sur mesure – cadeau de sa fille –, un an auparavant, auprès du bottier italien Giaconelli. Adieu les vieilles galoches qui ont accompagné ses années de solitude sur l'ile (pas tout à fait, car il prend soin de sa paire neuve, en ne la portant qu'épisodiquement et dans la maison). Il est désormais concrètement équipé pour sauter le pas et entrer dans une nouvelle phase de sa vie.

Les chaussures permettent également de renouer le lien de filiation entre les trois personnages principaux. Harriet était vendeuse dans un magasin de chaussures et constate : « Toute ma vie en est venue à tourner autour des chaussures. » (p. 69) Elle raconte son apprentissage auprès d'un créateur de chaussures italien et rapporte aussi, comme en écho aux paroles du père de Fredrik, une anecdote sur les pieds d'une chanteuse d'opéra (p. 70).

Louise, qui vit simplement dans une caravane, porte des escarpins chers, de grande qualité, provenant d'Italie. Elle offre une paire de chaussures sur mesure à son père en le conduisant auprès d'un maitre bottier italien, installé comme elle dans la forêt. À cette occasion, Fredrik entend parler sa fille de chanteuses d'opéra et de leurs pieds, comme son propre père (p. 140). La boucle est bouclée !

Au terme de son voyage initiatique, Fredrik peut juger du chemin qu'il a parcouru entre deux hivers, et en être satisfait. Le fardeau du passé avec son pêlemêle de culpabilités est déposé. La conscience tranquille, le voici, lui, le presque vieil homme, plus léger et bien chaussé, à l'aise dans ses baskets, pour reprendre sa route. Il ignore la destination, mais se retrouver en mouvement le remet dans la vie, il le sait. À la question qu'il se posait au début du roman en regardant son existence figée sur cet ilot, « Comment ai-je pu en arriver là ? » (p. 14), répond la constatation finale l'englobant lui et Harriet : « Nous étions arrivés jusque-là. » (p. 341) Le passage du « je » au « nous » fait toute la différence. À l'arrivée du printemps, *Les Chaussures italiennes* délivrent un message final plutôt optimiste sur notre condition humaine.

PISTES DE RÉFLEXION

QUELQUES QUESTIONS POUR APPROFONDIR SA RÉFLEXION...

- Comment interprétez-vous le symbole de la glace (que brise le narrateur chaque matin, qui couvre le lac, etc.) dans le roman ?
- Dans quelle mesure ce roman fait-il écho à la société suédoise actuelle (voir p. 192 et suivantes) ?
- Décrivez l'évolution de la relation entre Jansson et Fredrik en donnant des exemples.
- Quelle est la fonction des multiples personnages secondaires dans le roman ?
- Le narrateur aime fouiller dans les affaires des autres pour y découvrir leurs secrets. Que révèle un tel comportement sur l'opinion que Fredrik a de lui-même, de sa vie ?
- Le récit consacre un épisode au personnage du bottier : quelle est sa portée symbolique ? Interprétez également le titre de l'œuvre.
- En quoi ce livre constitue-t-il une réflexion sur la condition humaine ?
- Quelle image de la maladie et de la mort le roman véhicule-t-il ?
- Comment définir la figure de Louise, personnage indépendant, rebelle et très humain ?
- Fredrik fond en larmes à la mort de Sima. Comment comprenez-vous cette réaction, qui semble le surprendre lui-même ? (p. 238)

Votre avis nous intéresse !
Laissez un commentaire sur le site de votre librairie en ligne
et partagez vos coups de cœur sur les réseaux sociaux !

POUR ALLER PLUS LOIN

ÉDITION DE RÉFÉRENCE

- MANKELL H., *Les Chaussures italiennes*, Paris, Seuil, 2009.

Retrouvez notre offre complète sur lePetitLittéraire.fr

- des fiches de lectures
- des commentaires littéraires
- des questionnaires de lecture
- des résumés

ANOUILH
- Antigone

AUSTEN
- Orgueil et
  Préjugés

BALZAC
- Eugénie Grandet
- Le Père Goriot
- Illusions perdues

BARJAVEL
- La Nuit des
  temps

BEAUMARCHAIS
- Le Mariage
  de Figaro

BECKETT
- En attendant
  Godot

BRETON
- Nadja

CAMUS
- La Peste
- Les Justes
- L'Étranger

CARRÈRE
- Limonov

CÉLINE
- Voyage au bout
  de la nuit

CERVANTÈS
- Don Quichotte
  de la Manche

CHATEAUBRIAND
- Mémoires
  d'outre-tombe

**CHODERLOS
DE LACLOS**
- Les Liaisons
  dangereuses

CHRÉTIEN DE TROYES
- Yvain ou le
  Chevalier au lion

CHRISTIE
- Dix Petits Nègres

CLAUDEL
- La Petite Fille de
  Monsieur Linh
- Le Rapport
  de Brodeck

COELHO
- L'Alchimiste

CONAN DOYLE
- Le Chien des
  Baskerville

DAI SIJIE
- Balzac et la
  Petite
  Tailleuse chinoise

DE GAULLE
- Mémoires
  de guerre
  III. Le Salut.
  1944-1946

DE VIGAN
- No et moi

DICKER
- La Vérité sur
  l'affaire Harry
  Quebert

DIDEROT
- Supplément
  au Voyage de
  Bougainville

DUMAS
- Les Trois Mousquetaires

ÉNARD
- Parlez-leur de batailles, de rois et d'éléphants

FERRARI
- Le Sermon sur la chute de Rome

FLAUBERT
- Madame Bovary

FRANK
- Journal d'Anne Frank

FRED VARGAS
- Pars vite et reviens tard

GARY
- La Vie devant soi

GAUDÉ
- La Mort du roi Tsongor
- Le Soleil des Scorta

GAUTIER
- La Morte amoureuse
- Le Capitaine Fracasse

GAVALDA
- 35 kilos d'espoir

GIDE
- Les Faux-Monnayeurs

GIONO
- Le Grand Troupeau
- Le Hussard sur le toit

GIRAUDOUX
- La guerre de Troie n'aura pas lieu

GOLDING
- Sa Majesté des Mouches

GRIMBERT
- Un secret

HEMINGWAY
- Le Vieil Homme et la Mer

HESSEL
- Indignez-vous !

HOMÈRE
- L'Odyssée

HUGO
- Le Dernier Jour d'un condamné
- Les Misérables
- Notre-Dame de Paris

HUXLEY
- Le Meilleur des mondes

IONESCO
- Rhinocéros
- La Cantatrice chauve

JARY
- Ubu roi

JENNI
- L'Art français de la guerre

JOFFO
- Un sac de billes

KAFKA
- La Métamorphose

KEROUAC
- Sur la route

KESSEL
- Le Lion

LARSSON
- Millenium I. Les hommes qui n'aimaient pas les femmes

LE CLÉZIO
- Mondo

LEVI
- Si c'est un homme

LEVY
- Et si c'était vrai…

MAALOUF
- Léon l'Africain

MALRAUX
- La Condition humaine

MARIVAUX
- La Double Inconstance
- Le Jeu de l'amour et du hasard

MARTINEZ
- Du domaine des murmures

MAUPASSANT
- Boule de suif
- Le Horla
- Une vie

MAURIAC
- Le Nœud de vipères

MAURIAC
- Le Sagouin

MÉRIMÉE
- Tamango
- Colomba

MERLE
- La mort est mon métier

MOLIÈRE
- Le Misanthrope
- L'Avare
- Le Bourgeois gentilhomme

MONTAIGNE
- Essais

MORPURGO
- Le Roi Arthur

MUSSET
- Lorenzaccio

MUSSO
- Que serais-je sans toi ?

NOTHOMB
- Stupeur et Tremblements

ORWELL
- La Ferme des animaux
- 1984

PAGNOL
- La Gloire de mon père

PANCOL
- Les Yeux jaunes des crocodiles

PASCAL
- Pensées

PENNAC
- Au bonheur des ogres

POE
- La Chute de la maison Usher

PROUST
- Du côté de chez Swann

QUENEAU
- Zazie dans le métro

QUIGNARD
- Tous les matins du monde

RABELAIS
- Gargantua

RACINE
- Andromaque
- Britannicus
- Phèdre

ROUSSEAU
- Confessions

ROSTAND
- Cyrano de Bergerac

ROWLING
- Harry Potter à l'école des sorciers

SAINT-EXUPÉRY
- Le Petit Prince
- Vol de nuit

SARTRE
- Huis clos
- La Nausée
- Les Mouches

SCHLINK
- Le Liseur

SCHMITT
- La Part de l'autre
- Oscar et la
  Dame rose

SEPULVEDA
- Le Vieux qui
  lisait des romans
  d'amour

SHAKESPEARE
- Roméo et Juliette

SIMENON
- Le Chien jaune

STEEMAN
- L'Assassin
  habite au 21

STEINBECK
- Des souris et
  des hommes

STENDHAL
- Le Rouge et
  le Noir

STEVENSON
- L'Île au trésor

SÜSKIND
- Le Parfum

TOLSTOÏ
- Anna Karénine

TOURNIER
- Vendredi ou
  la Vie sauvage

TOUSSAINT
- Fuir

UHLMAN
- L'Ami retrouvé

VERNE
- Le Tour
  du monde
  en 80 jours
- Vingt mille
  lieues sous
  les mers
- Voyage au
  centre de
  la terre

VIAN
- L'Écume des jours

VOLTAIRE
- Candide

WELLS
- La Guerre des
  mondes

YOURCENAR
- Mémoires
  d'Hadrien

ZOLA
- Au bonheur
  des dames
- L'Assommoir
- Germinal

ZWEIG
- Le Joueur
  d'échecs

www.lepetitlitteraire.fr

ISBN version numérique : 978-2-8080-0312-4
ISBN version papier : 978-2-8080-0313-1
Dépôt légal : D/2017/12603/686

Avec la collaboration de Paola Livinal pour l'étude du personnage de « Giaconelli », l'encadré sur « Le Caravage », ainsi que pour les chapitres « Assumer ses fautes pour avancer », « En découdre avec le passé », « La glace » et « Les chaussures ».

Conception numérique : Primento,
le partenaire numérique des éditeurs.

Ce titre a été réalisé avec le soutien de la Fédération Wallonie-Bruxelles, Service général des Lettres et du Livre.